AF589893

CATALOGUE

D'une Collection

D'ESTAMPES

DES ÉCOLES

Allemande, Flamande, Française, Hollandaise
et Italienne

PORTRAITS, DESSINS

Provenant du Cabinet de M. P. de R.

DONT LA VENTE AURA LIEU

HOTEL DES COMMISSAIRES-PRISEURS

RUE DROUOT, 5, SALLE N° 4

AU PREMIER ÉTAGE

Les Lundi 16, Mardi 17, Mercredi 18 Décembre 1872

A UNE HEURE

Me **DELBERGUE-CORMONT**, Commissaire-Priseur,
rue de Provence, 8,
Assisté de **M. LOIZELET**, Marchand d'Estampes,
rue Visconti, 15, au premier étage.

EXPOSITION PUBLIQUE

Le Dimanche 15 Décembre 1872, de une heure à quatre heures.

DÉCEMBRE — 1872

RENOU ET MAULDE

IMPRIMEURS DE LA COMPAGNIE DES COMMISSAIRES-PRISEURS

Rue de Rivoli, 144

CATALOGUE

D'une Collection

D'ESTAMPES

DES ÉCOLES

Allemande, Flamande, Française, Hollandaise
et Italienne

PORTRAITS, DESSINS

Provenant du Cabinet de M. P. de R.

DONT LA VENTE AURA LIEU

HOTEL DES COMMISSAIRES-PRISEURS

RUE DROUOT, 5, SALLE N° 4

AU PREMIER ÉTAGE

Les Lundi 16, Mardi 17, Mercredi 18 Décembre 1872

A UNE HEURE

Me DELBERGUE-CORMONT, Commissaire-Priseur,
rue de Provence, 8,
Assisté de **M. LOIZELET**, Marchand d'Estampes,
rue Visconti, 15, au premier étage.

EXPOSITION PUBLIQUE

Le Dimanche 15 Décembre 1872, de une heure à quatre heures.

DÉCEMBRE — 1872

ORDRE DES VACATIONS

L'ordre numérique sera suivi :

PREMIÈRE VACATION

Lundi 16 Décembre, de........................ 1 à 188

DEUXIÈME VACATION

Mardi 17 Décembre, de........................ 189 à 365

TROISIÈME VACATION

Mercredi 18 Décembre, de...................... 366 à la fin.

CONDITIONS DE LA VENTE

Elle sera faite au comptant.

Les Acquéreurs paieront, en sus du prix d'adjudication, CINQ POUR CENT, applicables aux frais.

NOTA. — En cas d'erreur dans les enchères, il sera procédé à une nouvelle mise à prix.

M. LOIZELET, dirigeant la vente, se charge des Commissions.

DÉSIGNATION

DES

ESTAMPES

1 **Aldegrever** (Henri). L'histoire de Suzanne. B. 30-33. Suite de 4 pièces. Très-belle ép.

2 — Judith. B. 34. Très-belle ép.

3 — Le Mauvais riche meurt. B. 34. Ép. superbe.

4 — Tarquin et Lucrèce. B. 64. Très-belle ép.

5 — Titus Manlius. B. 72. Belle ép.

6 — Le Père sévère. B. 73. Très-belle ép.

7 — Adam et Eve chassés du paradis. B. 137. Superbe ép. d'une charmante pièce.

8 — Un Amour assis sur un bouc. B. 209. Belle épreuve.

9 — Montant d'ornements, au milieu duquel on voit deux Sphinx. B. 276. Très-belle ép.

10 **Alix** (P.-M.). Jean-Paul Marat, Marie-Anne-Charlotte Corday, d'après Ganerey. 2 portraits in-fol. en couleur. Très-belles ép.

11 — J.-Ch. Le Vacher, d'après Violet. In-8, en couleur. Très-belle ép.

12 **Altdorfer** (Albert). Mercure. B. 29. Très-belle et rare ép.

13 — L'Homme réfléchissant. B. 55. Belle ép.

14 **Anonyme**. Les Chanteurs des boulevards. Pièce en rond, gravée à la manière noire.

15 **Anonyme** du XVIe siècle. Paysan tenant de la main droite une paysanne avec laquelle il danse. B. 12. Belle ép.

16 — Un soldat arrêtant par la bride le cheval d'un porte-enseigne. B. 13. Très-belle ép.

17 **Audran** (Gérard). L'Empire de Flore, d'après Nic. Poussin. Très-belle ép.

18 **Baldini**. Le Pape X (*carte du Tarot*). Pièce très-rare.

19 **Bartolozzi**. Adresses. — Erigone. — Flore. — Beatrice. 5 pièces.

20 **Baudouin**. L'Épouse indiscrète, par N. de Launay. Très-belle ép.

21 **Bazzicaluve** (Hercule). Suite de neuf paysages, dédiée au duc de Toscane. M. 1383-1391. Les numéros 1385 et 1389, manquent.

22 **Beauvarlet**. Edme Bouchardon, d'ap. Drouais. In-fol. Belle ép.

23 **Béga** (Corneille). La Femme portant un panier. B. 18. Très-belle ép. du 1er état.

24 **Béham** (Hans Sébald). Judith. B. 12. Belle ép.

25 — La Vierge au perroquet. B. 19. Belle ép.

26 — Saint-Pierre. B. 43. Superbe ép. du 1er état.

27 — Saint Jean. B. 46. Très-belle ép.

28 — Saint Thomas. B. 49. Même qualité.

29 — Saint Jacques le Majeur. B. 51. Très-belle ép. du 1er état.

30 — Saint Judas. B. 52. Très-belle ép.

31 — Saint Mathias. B. 54. Même qualité.

32 — Les Quatre-Evangélistes. B. 55-58. Superbes ép. du 1er état, tirées sur la même feuille, presque uniques de cette condition.

33 — Léda. B. 112. Très-belle ép.

34 — La Foi. B. 133. Très-belle ép.

35 — La Tempérance. B. 136. Superbe ép.

36 — La bonne Fortune. B. 140. Très-belle ép.

37 — La Fortune contraire. B. 141. Ép. superbe.

38 — Le Triomphe. B. 143. Superbe ép. d'une jolie pièce.

39 — La Mort surprenant la femme endormie. B. 146. Très-belle ép. d'une pièce rare.

40 — La Jeune femme accompagnée de la Mort. B. 149. Belle ép.

41 — L'Enseigne, le Tambour et le Fifre. B. 198. Très-belle ép.

42 — Le Porte-enseigne et le Tambour. B. 199. Même qualité.

43 — Les Deux génies. B. 236. Bonne ép.

44 **Berghem** (Nicolas). Les Trois vaches au repos. B. 2. Très-rare et superbe ép., avant le nom du maître.

45 — Quatre pièces des sujets d'animaux en hauteur. B. 8-11. Très-belles ép.

46 **Berghem** (D'après). Paysages avec figures et animaux, par C. Visscher. 4 pièces. Superbes épreuves.

47 **Biosse.** Madame Marie-Louise-Victoire de France, d'après Nattier. Belle ép. in-8.

48 **Boilly** (Louis). Prélude de Nina, par André Chaponnier. Très-belle ép.

49 **Boissieu.** Vue des bords de la rivière d'Ain. Très-belle ép., tirée avec la morsure de l'étau.

50 — Entrée d'une forêt. Très-belle ép. du 1er état, avec la morsure de l'étau, et avant l'astérisque.

51 **Bol** (Ferdinand). Astrologue. Cl. 8. Très-belle épreuve.

52 **Bonneville.** A. P. J. Robespierre le jeune. In-8. Belle ép.

53 **Borel.** L'Innocence en danger, par Huot. Très-belle ép., avant la dédicace; toute marge.

54 **Bosse** (Abraham). La Joie de la France. D. 1226. Très-belle ép.

55 — L'Infirmerie de l'hôpital de la Charité de Paris. D. 1266. Superbe ép. avec une grande marge.

56 — Les Comédiens de l'hôtel de Bourgogne. D. 1268. Très-belle ép., sans marge.

57 — Le Mariage à la campagne. D. 1380-1382. Suite de 3 pièces. Très-belles-ép. du 1er état.

58 — Le Clystère. D. 1392. Très-belle ép., belle marge.

59 **Both** (Jean). Suite de six paysages en travers. B. 5-10. Superbes ép. du 1er état, avant le nom de l'artiste. (*Collections Galichon et Alférof.*)

60 — Le Pont de pierre. B. 5. Très-belle ép. avant le numéro.

61 — Le Muletier. B. 6. Très-belle ép., avant le numéro.

62 — Le Trajet. B. 7. Très-belle ép. avant le n°.

63 — Les Deux vaches au bord de l'eau. B. 8. Très-belle ép. avant le n°.

64 **Boucher** (D'après). La Mort d'Adonis, par Surugue. Très-belle ép.

65 — La Muse Erato, par J. Daullé. Belle ép.

66 — Le Goûter de l'automne, par R. Gaillard. Très-belle ép.

67 — Neuf pièces pour les comédies de Molière, gravées par L. Cars. Savoir : L'École des maris, — M. de Pourceaugnac, — le Dépit amoureux, — le Médecin malgré lui, — le Malade imaginaire, — les Précieuses ridicules, — don Juan, — le Misanthrope, — les Plaisirs de l'île enchantée. Cette dernière, gravée par Chedel, est avant la lettre.

68 **Boucher** (Par et d'après). Jeune femme étendant du linge, — Jeannette, — le Puits, — Pan et Syrinx. 5 pièces.

69 **Bracelli** (Giov. Battista). Figures d'hommes jouant de différents instruments de musique, en usage en 1624, époque où ces pièces ont été gravées. Suite de 32 morceaux, y compris le titre, un écu d'armes et la dédicace. Inconnue à Bartsch. *De la plus grande rareté.*

70 — Figures grotesques formées de dés, de rhombes, de chaînes, de serpents, d'ustensiles de ménage, des arts et métiers, etc. Suite de 45 pièces, y compris le titre, deux feuilles de dédicace à don Pietro Medici et les armes de ce prince. Inconnue à Bartsch. *De la plus grande rareté.*

71 **Bry** (Théodore de). Le Triomphe de la Mort. Belle ép.

72 — Le Triomphe de Bacchus. Même qualité.

73 **Cabel** (Vander). Petits paysages en travers, suite de 8 estampes. Très-belles ép.

74 **Calamatta**. Portrait de Georges Sand, in-4. Epreuve d'artiste, avant toute lettre.

75 **Callot** (Jacques). Le Passage de la mer Rouge. M. 1. Très-belle et rare ép. du 1er état.

76 — Le Portement de croix. M. 9. Pièce gravée sur une plaque d'argent. Rare.

77 — Le Nouveau Testament. M. 37-47. Suite de 11 pièces, titre compris. Très-belles ép. du 1er état.

78 Le Triomphe de la Vierge. M. 100. Très-belle ép, du 1er état.

79 — Saint Nicolas ou saint Séverin. M. 140. Très-belle ép. du 2ᵉ état; marge.

80 — L'Arbre de saint François d'Assise. M. 145. Très-belle ép.

81 — Le Purgatoire et l'Enfer. M. 153. Crande composition en 4 feuilles, 2ᵉ état.

82 — Le Titre aux Astrologues. M. 203. Superbe ép. du 2ᵉ état. Rare.

83 — Donato dell' Antella, sénateur florentin. M. 430. Très-belle ép. d'un portrait très-rare.

84 — La Tragédie de Soliman. M. 434-429. Très-belles ép. du 2ᵉ état, avant l'inscription additionnelle. 1 vol. in-4, cartonné.

85 — Claude Deruet. M. 505. Belle ép., grande marge.

86 — Combat de Veillane, près de Turin, livré le 10 juillet 1630. M. 509. Très-belle ép.

87 — Les Misères et les Malheurs de la guerre. M. 564-581. Suite de 18 pièces. Très-belles ép. du 2ᵉ état, marge.

88 — Les Exercices militaires. M. 582-594. Suite de 13 pièces, titre compris. Très-belles ép. du 1ᵉʳ état; avant les numéros.

89 — La Carrière et Rue Neuve de Nancy. M. 621. Très-belle ép. du 1ᵉʳ état, avant l'adresse d'*Israël Silvestre.*

90 — Le Parterre du palais de Nancy. M. 622. Très-belle ép. du 1ᵉʳ état, avant l'adresse d'*Israël Silvestre.*

91 — Les Trois pantalons. M. 627-629. Suite de 3 pièces. Très-belles ép. du 1er état.

92 — Les Balli ou Cucurucu. M. 641-664. Suite de 24 pièces. Très-belles ép. du 1er état, avant les *numéros*.

93 — Les Supplices. M. 665. Très-belle ép. du 2e état. La Tour et la Vierge, sont très apparentes.

94 — Les Bohémiens. M. 667-670. Suite de 4 pièces. Très-belles ép. du 2e état.

95 — La Noblesse. M. 673-684. Suite de 12 pièces, Très-belles ép. du 1er état. Les numéros 673 et 676 sont du 2e état.

96 — La Grande chasse. M. 711. Très-belle ép. du 1er état.

97 — La petite Vue de Paris, ou le *Marché d'esclaves*. M. 712. Très-belle et rare ép. du 1er état, avant la vue du Pont-Neuf.

98 — La même pièce. Très-belle ép. du 2e état, avec la vue du Pont-Neuf.

99 — Les Bossus ou Gobbi. M. 747-767. Suite de 21 pièces. Très-belles ép. du 1er état. Rare.

100 **Campagnola** (Dominique). La Décollation d'une sainte. B. 6. Superbe ép.

101 **Cantarini** (Simon), dit *le Pesarèse*. Le petit saint Antoine de Padoue. B. 26. Très-belle épr. du 1er état.

102 **Carrache** (Annibale). La Vierge à l'écuelle. B. 9. Très-belle épr., tirée avant l'adresse de : *Nicolas van Aelst*.

103 — Jupiter et Antiope. B. 17. Très-belle épr.

104 **Cathelin.** Jean de La Bruyère, d'après de Saint-Jean. In-4, belle épr.

105 **Chardin** (D'après). L'Économe, par J. Ph. Lebas. Très-belle épr.

106 — Le Négligé, ou Toilette du matin, par le même. Très-belle épr.

107 **Charmeton** (G.). Plusieurs sortes d'ornements, masques et corniches, gravés par G. Audran. Cinquante-trois pièces réunies dans un vol. in-4 cartonné.

108 **Choffard, Gravelot, Marillier.** 40 vignettes et en têtes pour *la Secchia rapita*, et autres ouvrages.

109 **Claas** (Alaert). Montant d'ornements. B. 52. Belle épr.

110 **Cochin** (Nicolas). Jac.-Ph. Lebas. Très-belle épr. avant toute lettre d'un portrait in-4.

111 — François Boucher, par Lau. Cars, — A. Roslin, par Nicollet. 2 portraits in-4, très-belles épr.

112 **Collyer** (Joseph). Portrait de sir Joshua Reynolds, d'après lui-même. In-8. Très-belle épr. En couleur.

113 **Dalen** (E. Van). François Deleboe Sylvius. Epr. superbe.

114 **Debucourt.** Barrière de Charenton, d'après Palaiseaux. En couleur.

115 **Delaunay.** Guillaume-Thomas Raynal, d'après Ch.-Nicolas Cochin, in-4. Très-belle épr.

116 **Demarcenay**. Charles V. Très-belle épr. avant toute lettre. Réenm.

117 — Charles VII. Même qualité.

118 — De Villars. Même qualité.

119 — Portraits et paysages, 15 pièces.

120 **Demarteau**. Vénus vue de dos. 2 Baigneuses, d'après Boucher. 2 pièces à la sanguine.

121 — Jupiter et Léda. — Erigone, d'après Boucher et Lebarbier. 2 pièces.

122 — Vénus sur des nuages, entourée d'amours, d'après Boucher, à plusieurs tons.

123 — Les Lessiveuses, d'après Boucher. Très-belle épr., à la sanguine. Marge.

124 — Pastorales, à la sanguine. 8 pièces d'après Boucher.

125 — Femme portant une corbeille de fleurs sur la tête, et autre. 2 pièces à la sanguine, d'après Boucher.

126 — Vénus debout, appuyée sur une colonne; elle tient un cœur de la main gauche, à la sanguine. Très-belle et rare épr. avant le feuillage.

127 — Jupiter et Antiope, aux deux crayons. Très-belle épr.

128 — L'Amour et les Grâces, sur des nuages, d'après Boucher, aux deux crayons. Très-belle épr. sans marge.

129 — Le Nid dans le blé, charmante composition en ovale, aux deux crayons.

130 — Etudes de têtes de femmes, aux deux crayons. 3 pièces.

131 — Motifs d'enfants, sujets allégoriques et mythologiques. 6 pièces à la sanguine.

132 **Denon** (Vivant). Son portrait, d'après Isabey. Très-belle épr. avant la lettre.

133 **Deruet** (Claude). La Bataille de Nordlingen. R. D. 2. Très-belle ép. d'une pièce rare.

134 **Desrais** (L.). Promenade du boulevard Italien, ou petit Coblentz, par E. Voysard. Très-belle épreuve.

135 **Divers.** Sept vignettes, parmi lesquelles nous citons celle représentant un âne regardant une lyre attachée à un arbre ; dans un médaillon ovale ornementé, au bas de la vignette, six vers :

Que veut dire
Cette Lyre?
C'est Melpomène ou Clairon.
Et ce Monsieur qui soupire,
Et fait rire,
N'est-ce pas Martin F...?

Cette pièce, contre Fréron, devait être mise en tête de la comédie de l'*Écossaise*, que Voltaire allait publier; mais elle ne parut que plus tard en tête de la tragédie de *Tancrède*.

136 **Dujardin** (Karel). Frontispice. B. 1. Très-belle épr.

137 — Les trois Cochons couchés devant l'étable. B. 8. Très-belle et 1re épr. avant le numéro.

138 — Les deux Chevaux près de la charrue. B. 25. Très-belle ép. du 1er état avant le n°. Elle est doublée.

139 — Paysages et animaux. 8 pièces, anciennes épr.

140 **Drevet** (P.-J.): M. de Tressan, archevêque de Rouen, aux genoux de la Vierge. Très-belle épr. in-4.

141 — La même pièce in-8, dite le *Petit bréviaire*. Très-belle épr.

142 **Dupin**. Marie-Antoinette, d'après Vanloo. In-4, très-belle épr.

143 — Dorat. In-8, très-belle épr.

144 **Durer** (Albert). La Vierge assise, embrassant l'enfant Jésus. B. 35. Très-belle épr.

145 — La Vierge à la Poire. B. 41. Superbe épr.

146 — La Sainte Famille au Papillon. B. 44. Superbe épr.

147 — Sainte Geneviève. B. 63. Très-belle épr.

148 — La Mélancolie. B. 74. Epr. superbe et rare.

149 — La Dame à cheval. B. 82. Bonne épr., réenm.

150 — L'Oriental et sa femme. B. 85. Epr. ancienne.

151 — L'Enseigne. B. 87. Très-belle épr.

152 — Le Violent. B. 92. Très-belle épr.

153 — Les Offres d'amour. B. 93. Belle épr.

154 — Le Pourceau monstrueux. B. 95. Très-belle épr. du 1er état.

155 **Duvet** (Jean). Estampe décorant l'Apocalypse, n. 9 de la suite. R. D. 35. Belle épr. d'une pièce rare.

156 **Dyck** (Ant. Van). Jean Snellinx. W. 12. Très-belle et rare épr. du 2e état.

157 — Gaspard Gévartius. W. 34. *Paul Dupont sculp* Très-belle épr. avec les lettres G. H.

158 — Marie de Médicis. W. 39. *Paul Pontius sculp* Belle épr. du 3e état.

159 — Pierre-Paul Rubens. W. 43. *Paul Pontius sculp*. Très-belle ép. du 3e état, avec les lettres G. H.

160 — Théodore Vanloon. W. 52. *Paul dv Pont sculp*. Très-belle épr.

161 — Déodat Delmont. W. 66. *L. Vorstermann sculp.* Très-belle épr. avec les lettres G. H.

162 — Théodore Galle. W. 69. *L. Vorstermann sculp.* Très-belle épr. avec les lettres G. H.

163 — François de Moncada. *L. Vorstermann sculp.* Très-belle et 1re épr. avant les mots : *Cum privilegio*, à la suite du nom du graveur.

164 — Le Christ mort, sur les genoux de la Vierge, par S. à Bolswert. Très-belle épr.

165 — Sainte Rosalie, par Paul Pontius. Très-belle épreuve.

166 **Edelinck** (Gérard). Martin Desjardins. R. D. 182. Belle épr. du 4e état.

167 — Charles d'Hozier. R. D. 184. Belle épr.

168 **Edelinck** (Nicolas). Jacob Savary, d'après Coypel. In-4, belle épr.

169 **Eisen** (Charles). Les Saisons, par de Longueil, suite de quatre estampes. Très-belles épr.

170 — Soixante-treize vignettes pour les Contes de La Fontaine, pour l'édition des *fermiers généraux*. Très-belles épr.

171 **Eisen** et **Gravelot**. Affiches, annonces et avis divers, par Martenasie. — Titre avant la lettre pour le Décaméron de Boccace, par Lemire. 2 pièces, très-belles épr.

172 **Fessard** (St.). Bal de Saint-Cloud, d'après St. Poussin. Très-belle épr.

173 **Féti** (D'après Dom.). La Mélancolie. Très-belle épr. avant toute lettre.

174 **Ficquet** (E.). Jean-Baptiste Rousseau, d'après Aved. In-8, belle épr.

175 — Joliot de Crébillon, d'après Aved. In-8, très-belle épr.

176 — Poquelin de Molière, d'après Coypel. In-8, très-belle épr. avant les contre-tailles sur les masques.

177 — De La Mothe-Fénelon, d'après Vivien. In-8, très-belle épr.

178 — Jean de La Fontaine, d'après Rigaud. In-8, très-belle épr. dite au *ruisseau blanc*.

179 — René Descartes, d'après Hals. In-8, très-belle épr.

180 — Michel de Montaigne, d'après Dumoustier. In-8, très-belle épr.

181 — Françoise d'Aubigné, marquise de Maintenon, d'après P. Mignard. Très-belle épr.

182 **Flamen** (Albert). Livre d'oiseaux, dédié à messire Gilles Foucquet. R. D. 402-413. Suite de 12 pièces, superbes épr. du 1er état. (*Collection Alférof.*)

183 — Différents oiseaux. R. D. 389-401. Suite de 13 pièces, superbes épr. du 1er état.

184 **Flipart**. Jacques Dumont, dit *Le Romain*, d'après de Latour. Très-belle épr. avant la lettre.

185 **Fragonard** (D'après). Annette à l'âge de quinze ans. — Annette à l'âge de vingt ans, par Godefroy. 2 pièces en pendant, très-belles épr. avant la lettre. Marge.

186 — La Gimblette, par Bertony. Très-belle épr.

187 **Freudenberg**. Le Petit jour par N. de Launay. Très-belle épr. d'une jolie pièce.

188 **Gaultier** (L.). Thomas Sonnet. In-8, très-belle épreuve.

189 **Gellée** (Claude), dit *Le Lorrain*. La Fuite en Egypte. R. D. 1. Très-belle épr. du 1er état.

190 — L'Apparition. R. D. 2. Très-belle ép. du 2e état. Rare.

191 — Le Passage du gué. R. D. 3. Très-belle épr. du 1er état.

192 — La Tempête. R. D. 5. Bonne épr. du 4e état.

193 — La Danse au bord de l'eau. R. D. 6. Belle épr. du 3e état.

194 **Gellée** (Claude). Le Dessinateur. R. D. 9. Très-belle épr. du 2e état.

195 — La Danse sous les arbres. R. D. 10. Très-belle épr. du 2e état.

196 — Scène de brigands. R. D. 12. Bonne épr. du 3e état.

197 — Le Port de mer à la grosse tour. R. D. 13. Très-belle épr. du 2e état.

198 — Le Pont de bois. R. D. 14. Très-belle épr. du 2e état.

199 — Le Soleil couchant. R. D. 15. Belle épr. du 3e état. Rare.

200 — Le Départ pour les champs. Superbe épr. du 2e état. R. D. 16.

201 — Mercure et Argus. R. D. 17. Très-belle ép. du 1er état.

202 — Le Troupeau en marche par un temps orageux. R. D. 18.

203 — Le Chévrier. R. D. 19. Très-belle ép. du 2e état.

204 — Le Temps, Apollon et les Saisons. R. D. 20 Très-belle ép. du 1er état.

205 — Berger et Bergère conversant. R. D. 21. Très-belle et rare ép. du 1er état.

206 — La même pièce. Très-belle ép. du 2e état.

207 — La même pièce. Belle ép. du 4e état.

208 — L'Enlèvement d'Europe. R. D. 22. Très-belle ép. du 1er état.

209 **Gellée** (Claude). Le Campo-Vaccino R. D. 23. Superbe et très-rare ép. du 2e état, le premier presque unique.

210 — La même pièce. Très-belle ép. du 5e état.

211 — La Danse villageoise. R. D. 24. Belle ép. du 2e état.

212 — Les quatre Chèvres. R. D. 27. Belle épr. du 2e état.

213 **Gillot** (Claude). Fêtes de Bacchus, de Diane, de Faune, et de Pan. Suite de 4 pièces, très-belles ép.

214 — Scène de comédie entre Pierrot, Arlequin et Scaramouche. Très-belle ép.

215 **Gole** (Jacques). Femme de qualité en déshabillé, reposant sur un lit d'Ange, d'après de Saint-Jean. Très-belle ép.

216 **Goltzius** (Henri). Pierre Forestus, docteur en médecine. B. 169. In-8. Très-belle ép.

217 — La Passion de Jésus-Christ. B. 27-38. Suite de 12 estampes, très-belles ép.

218 — Jesus-Christ en croix entre les deux larrons. B. 40. Cette estampe n'a pas été terminée.

219 **Goltzius** (d'après). Les Habillements des officiers et soldats d'un régiment d'infanterie des Pays-Bas. Suite de 12 pièces, réductions in-18 des estampes de Jacques de Gheyn. Les nº 1, 3, 12 manquent. Ces copies ne sont pas mentionnées par Bartsch.

220 **Goya** (Franc.). Un Nain de Philippe IV, assis à terre, et vu de face, d'après Vélasquez. Très-rare ép. avant la lettre.

221 **Goyran**. Vues et perspectives nouvelles, tirées sur les plus beaux lieux de Paris, et des environs. Suite de 8 estampes, y compris le frontispice, qui est en double avant la lettre. 9 pièces, très-belles ép.

222 **Greuze** (D'après J. B.). La petite Sœur, par Hauer ; la Pelotonneuse, par J. J. Flipart ; la Consolation maternelle, par un anonyme ; et deux autres estampes avant la lettre. En tout 5 pièces.

223 **Henriquel**. Portrait de Rachel, d'après H. Lehmann, in-4. Très-belle ép. sur chine.

224 **Hollar** (Wenceslas.). Henriette de France, reine d'Angleterre, d'après Van-Dyck, in-4. Très-belle ép.

225 — Les Saisons, représentées par des figures de femmes à mi-corps. Suite de 4 pièces. Très-belles ép.

226 — Perspective de la cathédrale d'Anvers. Très-belle ép. du 1er état.

227 — Bataille de paysans, d'après P. Breughel. Très-belle ép.

228 — Six manchons, des gants, un masque, un éventail. Ep. de toute beauté. Rare.

229 **Hopfer** (Jérôme). La Vierge allaitant l'Enfant Jésus, d'après Marc de Ravenne. Très-belle ép. du 1er état, à l'eau-forte pure et avant le nº 151.

230 **Houbraken**. Caroline, princesse d'Orange. Willem Karel, avant et avec la lettre. 3 pièces.

231 **I. B.** (Maître au monogramme). Le Triomphe de Bacchus. B. 19. Très-belle ép. d'une pièce rare.

232 — Les Enfants vendangeurs. B. 35. Très-belle ép.

233 **Ingres** (D'après). Saint Pierre, par C. S. Pradier. Très-belle ép.

234 — Vœu de Louis XIII, par Calamatta. Très-belle ép.

235 — Tu Marcellus eris, Virgile, par Pradier. Très-belle ép. sur chiné.

236 **Johannot** (Tony). Collection de dix eaux-fortes. Très-belles ép. avant la lettre, sur chine, grand papier, pour Werther.

237 **Jordaens** (Jacques). L'Adoration des Bergers, par P. de Jode. (Basan 2.) Très-belle ép.

238 — Le Roi boit, par Paul Pontius. (Basan 14.) Superbe ép. du 1er état, avant le n. 5, à la droite de la marge du bas. (*Collection Camberlyn.*)

239 — Jupiter enfant, nourri par la chèvre Amalthée (Basan 19.) Cacus dérobant les vaches d'Hercule et les faisant marcher à reculons (Basan 30). Ces deux estampes gravées par Alex. Voet, sont du 1er état, avant l'adresse d'*A. Bloteling*.

240 **Lancret** (Nicolas). Le Repas italien, par J. Ph. Lebas. Très-belle ép.

241 — Conversation galante, par J. Ph. Lebas. Très-belle ép. d'une des jolies compositions du maître.

242 **Landry**. Louis XIV, charmant petit portrait, in-8.

243 **Larmessin** (Nic. de). Claude Hallé, d'après Le Gros. Très-belle ép.

244 **Lawreince**. La Consolation de l'absence, par N. de Launay. Suberbe ép. d'une charmante pièce. Marge.

245 — La Sentinelle en défaut; l'Accident imprévu, par d'Arcis. Deux piècesen pendant. Très-belles épreuves.

246 La Partie de musique, par V. Langlois. Très-belle ép. Grande marge.

247 — Le Mercure de France, par Guttemberg. Très-belle ép. Grande marge.

248 **Lebas** (J. Ph.). David Téniers et sa famille, d'après D. Téniers. Très-belle ép.

249 — Mme Favart, rôle de Ninette, d'après Boucher, in-8. Très-belle ép. avant la lettre.

250 **Lebeau**. Mlle Dutey, in-8, d'après L'Ainé. Très-belle épr.

251 — Mme la Comtesse Du Barry, d'après Drouais, in-8. Très-belle ép. toute marge.

252 **Lemire** (Nicolas). Allégorie in-8, de forme oblongue, sur Hue de Miromesnil. Três-belle ép.

253 **Lépicié** (Bernard). Nicolas Bertin, peintre, d'après de Lien. Très-belle ép.

254 **Leu** (Thomas de). Charles de Bourbon, in-8. Très-belle ép.

255 — Pierre de Gondy. in-8. Superbe ép. rare.

256 — Charles Gonzague, duc de Nivernais, in-8, très-belle ép.

257 **Leyde** (Lucas de). Saint-Gérard Sagrédius. B. 119. Très-belle ép.

258 **Lutma** (Jean) *jeune*. Portrait de Lutma, père, orfèvre. Très-belle ép. Janus Lutma. 2 pièces.

259 **Malgo** (S.). Louise de Savoie Carignan, princesse de Lamballe, d'après Ant. Hickel. Très-belle ép.

260 **Mariette** (*A Paris, chez*). Christine, reine de Suède, portrait équestre, in-fol. Très-belle ép.

261 **Marot**. Églises de Paris. 9 pièces, avec l'adresse de *J. van Merlen*.

262 **Masson** (Ant.). Le vray Portrait de Mme Héliot. R. D. 36, in-8, superbe ép.

263 — Olivier Le Fèvre d'Ormesson. R. D. 58. Superbe ép. du 1er état.

264 — Antoine Turgot. R. D. 66. Très-belle ép.

265 **Mathonier** (N. de) *exc*. Anne d'Autriche, 3e du nom, in-8, très-belle ép.

266 **Matsys** (Corneille). Jupiter et Léda. Pièce non décrite par Bartsch. Très-belle ép. (*Collection Arozaréna.*)

267 **Mazzuoli** (Fr.) dit le *Parmesan*. Une Femme considérant une sphère. B. 20. Très-belle ép.

268 **Mellan** (Claude). Nicolas Fouquet (*de Montaiglon*, 187). Belle ép. du 4e état.

269 **Mellan.** Claude de Rebé. *De* M. 225. Très-belle ép. du 2ᵉ état.

270 — Pierre Séguier. *De* M. 231. Très-belle ép. du 1ᵉʳ état.

271 — Louise Marie de Gonzague. *De* M. 252. Belle ép. du 2ᵉ état.

272 **Meyeringh** (A.). Pan et Syrinx. B. 7. Très-belle ép. avant beaucoup de travaux.

273 — Le Coup de fusil. B. 16. Très-belle ép.

274 — La Pêche aux écrevisses. B. 20. Très-belle ép.

275 — Les Bergers. B. 21. Très-belle ép.

276 **Monnet.** Les Baigneuses surprises, par G. Vidal.

277 **Moreau** (D'après J. M.). Exemple d'humanité donné par Mᵐᵉ la Dauphine, le 16 octobre 1773, par Godefroy. Très-belle ép.

278 — Cartouche ornementé avec le portrait de Louis XV dans un médaillon ailé ; sur les côtés la Tragédie et la Comédie représentées par deux femmes; au bas, attributs de musique. Gravé par Ponce, très-belle ép. avant la lettre.

279 **Morin** (Jean). Jérôme Franck, peintre. R. D. 52. Très-belle ép.

280 — Marguerite Lemon, d'après Van-Dyck. R. D. 62. Très-belle ép. du 2ᵉ état.

281 — Michel de Marillac, d'après Ph. Champaigne. R. D. 66. Très-belle ép.

282 — Jacques Le Mercier, d'après Ph. Champaigne. R. D. 69. Très-belle ép.

283 **Morin** François de Sales. R. D. 73. Très-belle épreuve.

284 — Omer Talon, d'après Ph. Champaigne. R. D. 74. Très-belle ép. du 2ᵉ état,

285 — Augustin de Thou. R. D. 77. Très-belle ép.

286 — Du Verger de Hauranne, d'après Ph. Champaigne, R. D. 82. Très-belle ép.

287 **Müller** (J. G.). Louise-Elisabeth Vigée Le Brun, d'après elle-même. Superbe ép. avec : *Müller sc.* écrit à la pointe au milieu de la marge du haut.

288 **Naiwjnex** (H.). Colline surmontée de deux arbres, dont l'un est tronqué. B. 1. de la suite en travers.

289 — Paysage où se présente vers le devant, à gauche, un rocher escarpé. B. 16 de la suite en hauteur.

290 **Nanteuil** (Robert). Antoine Barberin. R. D. 30. Très-belle ép.

291 — Pompone de Bellièvre. R. D. 37. Belle ép. du 2ᵉ état.

292 — Jean Chapelain. R. D. 60. Belle ép.

293 — Basile Fouquet. R. D. 97. Ep. superbe.

294 — Jean Fronteau. R. D. 99. Très-belle ép. du 1ᵉʳ état.

295 — Pierre Lalemant. R. D. 117. Très-belle ép. du 1ᵉʳ état.

296 — Guillaume de Lamoignon. R. D. 119. Très-belle ép. du 1ᵉʳ état.

297 — Michel Le Tellier. R. D. 128. Belle ép. du 2ᵉ état.

298 **Nanteuil** Jean Loret. R. D. 150. Belle ép., réen.

299 — François Lotin de Charny. R. D. 151. Belle ép. du 2e état.

300 — Jules Mazarin. R. D. 184. Belle ép. du 2e état.

301 — Le même personnage. R. D. 186. Très-belle ép. du 2e état.

302 — Gilles Ménage. R. D. 188. Très-belle épr. du 1er état.

303 — Edouard Molé. R. D. 193. Belle épr.

304 — Jean-François Sarrazin. B. D. 220. Très-belle épr. du 2e état.

305 — Georges de Scudéri. R. D. 221. Belle épr. du 1er état.

306 **Natalis** (Michel). La Vierge, l'enfant Jésus endormi et saint Jean, d'après Séb. Bourdon. Très-belle et rare épr. du 1er état, avant la draperie ajoutée pour couvrir le sein de la Vierge.

307 **Noordt** (J. Van). Le Troupeau et la laitière. B. 1. Rare et superbe épr. du 1er état, avant le nom de P. Potter.

308 — Paysage orné de ruines. B. 2. Superbe épr. du 1er état, avant que le nom du peintre, celui du graveur et la date aient été effacés et remplacés par l'adresse de : *Frédéric de Widt.*

Ces deux Estampes sont les seules que ce Maître ait gravé.

309 **Ossenbeck** (J.). Le Marchand de genièvre. B. 5. Belle épr.

310 — Le Bétail qui s'abreuve. B. 15. Très-belle épr. d'une pièce très-spirituellement gravée.

311 — La Caffarelle. B. 25. Très-belle épr. du 2e état.

312 **Ostade** (A. Van). Paysan avec un bonnet pointu. B. 3. Belle épr. du 3e état.

313 — Paysan qui rit. B. 4. Belle épr. du 4e état.

314 — Le Fumeur. B. 5. Très-belle épr.

315 — Le Fumeur riant. B. 6. Brillante épr. du 1er état.

316 — Paysan sonnant du cor. B. 7. Belle épr.

317 — La Mère et les deux enfants. B. 14. Très-belle épr. du 2e état.

318 — Le Coup de couteau. B. 18. Très-belle épr.

319 — Les Harangueurs. B. 19. Superbe épr. du 3e état.

320 — La Grange. B. 23. Très-belle épr. du 4e état.

321 — La Dévideuse à la porte de sa maison. B. 25. Belle épr. du 2e état. (*Collection R. Dumesnil.*)

322 — Les Pêcheurs. B. 26. Belle épr. (*Collection Arozaréna.*)

323 — Le Père de famille. B. 33. Très-belle épr. du 2e état, grande marge.

324 — Le Bénédicité. B. 34. Très-belle épr. du 2e état. (*Collection Soutzo.*)

325 — Le Rémouleur. B. 36. Très-belle épr. du 2e état. (*Collection Arozaréna.*)

326 — La même pièce, même état.

327 **Ostade.** L'Homme conversant avec la femme. B. 37. Très-rare épr. du 1er état, à l'eau-forte pure.

328 — La même pièce. Très-belle épr. du 2e état.

329 — Le Tric-trac. B. 39. Superbe épr. du 1er état.

330 — Le Charcutier. B. 41. Belle épr.

331 — Le Charlatan. B. 43. Très-belle épr. avant divers travaux; il y a quatre états postérieurs à celui-ci. (*Collection Soutzo.*)

332 — Le Joueur de violon bossu. B. 44. Très-belle épr. du 1er état.

333 — La même pièce, même état. Rognée au trait carré.

334 — La Famille. B. 46. Superbe et rare épr. du 1er état, à l'eau-forte pure. (*Collection Alférof.*)

335 — Le Goûter. B. 50. Superbe épr. du 4e état.

336 **Ostade** (Attribué à). Le Fumeur et la Fumeuse. B. 52. Très-belle épr. du 1er état.

337 **Ostade** (D'après). Intérieur où sont deux fumeurs, une femme et un enfant; par Jean Visscher. Très-belle épr.

338 **Pannier.** Jean Racine, d'après Edelinck. In-8, très-belle épr. sur chine.

339 **Parrocel** (P.). Bacchanale. Très-belle épr. d'une composition savamment ordonnée.

340 **Pater** (J.-Baptiste). Madame Bouvillon, pour tenter le Destin, le prie de lui chercher une puce. — Bataille arrivée dans le tripot. — Pyramide d'ailes et de cuisses de poulets. Ces 3 estampes, superbes épr. avant toute lettre, font partie du roman comique de Scarron.

341 **Penez** (Georges). Tobie épouse Sarah. B. 18. Epr. superbe.

342 — Nourrir ceux qui ont faim. B. 58. Très-belle épr., avec marge.

343 — Vêtir les nuds. B. 59. Mêmes qualités.

344 — Loger les Pèlerins. B. 62. Mêmes qualités.

345 — Le Mauvais riche vit dans les délices. B. 65. Très-belle épr.

346 — Le Mauvais riche meurt comme il a vécu. B. 66. Très-belle épr.

347 — Médée et Jason. B. 71. Très-belle épr.

348 — Mutius Scevola. B. 74. Ancienne épr.

349 — Titus Manlius. B. 76. Ancienne épr.

350 — Régulus. B. 77. Bonne épr.

351 — Virginius. B. 84. Très-belle épr.

352 — Les Péchés capitaux. B. 98-104. Suite de 7 pièces. Très-belles épr.

353 **Poilly** (De). L'Adoration des bergers, d'après Guido Reni. Très-belle épr.

354 **Pontius** (Paul). Raphaël d'Urbin. Très-belle épr. du 1er état, *avant l'adresse de Meyssens.*

355 — Wladislas Sigismond, d'après Pierre-Paul Rubens. Très-belle épr., rare.

356 **Porporati**. Le Coucher, d'après Van Loo. Très-belle épr. avant la lettre.

357 **Potter** (Paul). Le Vacher. B. 14. Très-belle épr. du 2e état.

358 **Raimondi** (Marc-Antoine). L'Empereur rencontrant le guerrier, par Aug. Vénitien. B. 196. Très-belle épr. La partie blanche du ciel, au coin du haut à gauche, a été refaite.

359 — Jeune femme vue de profil tenant une lyre. B. 277. Superbe épr.

360 — Le Satyre et l'enfant. B. 281. Superbe épr. d'une pièce très-rare.

361 — Les Termes et Statues en gaînes, par Aug. Vénitien. B. 301-304. Suite de 4 estampes. Très-belles ép. du 2e état.

362 — Les Vendanges. B. 306. Très-belle ép. (*Vente Debois.*)

363 — La Tempérance, par Aug. Vénitien. B. 358. Ép. de toute beauté.

364 — La Force, par Marc Dente, dit Marc de Ravenne. B. 395. Très-belle ép. du 1er état; avant l'adresse d'*Ant. Salamanca.*

365 — L'Homme portant la base d'une colonne, par Aug. Vénitien. B. 477. Ép. superbe.

366 **Rembrandt**. Rembrandt et sa femme. B. 19, Cl. 19. Très-belle ép. avec une marge de 3 centimètres.

367 — Rembrand à la bouche ouverte. B. 13-Cl. 13. Très-belle ép.

368 — Rembrandt aux trois crocs. B. 319-Cl. 28. Belle épreuve.

369 — Rembrandt aux yeux hagards. B. 320-Cl. 33.

370 **Rembrandt**. Joseph et la Femme de Putiphar. B. 39. Cl. 43. Belle ép.

371 — L'Ange qui disparaît devant la famille de Tobie. B. 43-Cl. 47. Très-belle ép.

372 — La Circoncision. B. 47-Cl. 51. Très-belle et 1re ép. avant la retouche.

373 — Présentation au Temple. B. 51-Cl. 55. Très-belle ép. du 2e état.

374 — Jésus-Christ prêchant ou la Petite tombe. B. 67-Cl. 71. Très-belle ép.

375 — Les Vendeurs chassés du temple. B. 69-Cl. 73. Très-belle ép.

376 — Les Trois croix. B. 78-Cl. 81. Très-belle et fort rare ép. du 3e état.

377 — Descente de croix. B. 82-Cl. 86. Très-belle ép. avec quelques barbes.

378 — Le Retour de l'Enfant prodigue. B. 90-Cl. 95. Très-belle ép.

379 — Pierre et Jean à la porte du temple. B. 94-Cl. 97. Belle ép.

380 — Le Martyre de saint Étienne. B. 97-Cl. 100. Très-belle ép.

381 — Le Baptême de l'eunuque. B. 98-Cl. 101. Ancienne ép.

382 — Saint Jérôme à genoux. B. 102-Cl. 105. Très-belle ép.

383 — Saint Jérôme. B. 105-Cl. 108. Très-belle ép. du 2e état.

384 — Le Joueur de cartes. B. 136-Cl. 136. Très-belle ép.

385 — Figure d'un vieillard à barbe courte. B. 151-Cl. 148.

386 — Gueux et gueuse. B. 164-Cl. 161. Très-belle épreuve.

387 — Gueux assis au bas d'un mur. B. 173-Cl. 170. Belle ép.

388 — L'Espiègle. B. 188-Cl. 185. Belle ép. du 4e état.

389 — Le Vieillard endormi. B. 189-Cl. 186. Rare ép. avec quelques barbes.

390 — Anthiope et Jupiter en satyre. B. 203-Cl. 200. Superbe ép. du 1er état.

391 — Vue d'Omval près d'Amsterdam. B. 209-Cl. 206. Très-belle et rare ép. du 1er tirage, avec des barbes.

392 — La Chaumière au grand arbre. B. 226-Cl. 223. Superbe ép. avec quelques barbes.

393 — Paysage à la vache qui s'abreuve. B. 237-Cl. 234. Belle ép.

394 — Vieillard à barbe carrée. B. 265-Cl. 262. Belle ép.

395 — Jean Lutma. B. 276-Cl. 273. Belle ép. du 3e état.

396 — Homme à bouche de travers. B. 305-Cl. 301. Belle ép.

397 **Rembrandt.** Buste de vieille, d'un beau caractère (la mère de Rembrandt). B. 354-Cl. 343. Très-belle ép. du 2e état.

398 — Griffonnement, où se voit la tête de Rembrandt. B. 363-Cl. 353. Très-belle ép. du 2e état.

399 **Rembrandt** (D'après). Samson tué par les Philistins, gravé à la manière noire par Jacobe. Très-belle ép. avant la lettre.

400 **Reni** (Gudo). L'Enfant Jésus et saint Jean Baptiste. B. 13. Trés-belle ép.

401 **Reverdino** (Gaspard). Clélie se préparant pour repasser le Tibre B. 16. Très-belle ép.

402 — Cimon nourri par sa fille. B. 2, de l'Appendice. Superbe ép.

403 **Reynolds** (Sir Joshua). Cornélia et ses enfants, Gravure au pointillé, par C. Wilkin.

404 **Ribera** (Joseph). Saint Jérôme lisant. B. 3. Très-belle ép.

405 — Saint Jérôme. B. 5. Très-belle et 1re ép. avec les coulures d'eau-forte très-apparentes.

406 — Le Centaure et le Triton. B. 11. Très-belle épreuve.

407 **Roger** (B.). Le Plaisir l'entraîne, le Repentir la suit, et pendant. 2 pièces, d'après Prud'hon et Mlle Mayer. Avant la lettre.

408 — Daphnis et Chloé, d'après Prud'hon. In-8. Très-belle ép., avant la lettre. Toute marge.

409 — Abrocome et Anzia, d'après le même. In-8. Très-belle ép., également avant la lettre. Toute marge.

410 **Roos** (Henri). Le Buste au bas de la pyramide. B. 12. Très-belle ép. du 1er état.

411 **Rubens** (Pierre-Paul). La Descente de croix, par Pierre Clouwet. (Basan, 97, du Nouveau Testament.) Superbe ép., avec l'adresse de *J. Meyssens.*

412 — La Trinité où l'on voit Jésus-Christ mort, sur les genoux du Père Éternel. (Basan. 123, du Nouveau Testament.) Superbe ép. du 1er état, avant que l'adresse de *Martinus Vanden Enden*, ait été effacée.

413 — La Sainte-Famille, par Witdoeck. (Basan, 50, des sujets de Vierges.) Belle ép.

414 — Saint Ildephonse, par le même. (Basan, 31, des sujets de Saints.) Très-belle ép.

415 — Sainte Catherine, gravée par Rubens. (Basan, 15, des sujets de Saintes.) Très-belle ép.

416 — Hercule exterminant la Fureur et la Discorde, gravé sur bois, par Ch. Jegher. (Basan, 14, des sujets de la Fable.) Très-belle ép.

417 — Bacchus ivre, par J. Suyderhoef. (Basan, 58, des sujets de la Fable. (Superbe ép. du 1er état, avant l'adresse de *F. de Widt.*)

418 — Silène ivre, par P. Soutman. (Basan, 64, des sujets de la Fable.) Très-belle ép., manque de fraîcheur.

419 — La Charité romaine, par Alex. Voet. (Basan, 37, des Histoires, Allégories et Sujets particuliers.) Très-belle ép.

420 **Rubens**. Soldats et Courtisanes, par Fr. Vanden Wingaerdt. (Basan, 63, des Histoires, Allégories et Sujets particuliers). Très-belle ép.

421 — Chasse au lion et à la lionne, par P. Soutman (Basan, 23 des sujets de chasse). Superbe épreuve.

422 **Ruotte**. Élisabeth Vernon, in-4, d'après Aug. Hauffman. Très-belle épr. tirée en bistre.

423 **Ruysdael** (Jacques). Le Champ bordé d'arbres. B. 5. Belle épr., avec une grande marge.

424 **Saft-Leven** (Herman). L'Hiver. B. 25. Très-belle épr. d'une pièce rare. (*Collection Alférof*).

425 **Saint-Aubin** (Aug.). Jupiter et Léda, d'après Paul Véronèse. Très-belle épr. d'une charmante pièce.

426 — La Promenade des remparts de Paris. — Tableau des portraits à la mode, par P. F. Courtois. 2 pièces en pendants. Très-belles épreuves.

427 La Sollicitude maternelle, par Sergent et Phelipeaux. Très-belle épr. en couleur.

428 Antoine-Jean Amelot, in-4. Très-belle épr.

429 **Saint-Non**. Grand Médaillon composé d'attributs de pêche et de chasse, surmonté d'une corbeille de fleurs. Charmante composition de Leprince.

430 — Paysages et sujets familiers, d'après Boucher, Fragonard et Robert. 5 pièces.

431 **Savart** (P.). Pierre de Bernis, d'après Callet; Louis Le Clerc comte de Buffon, d'après Drouais. 2 portraits in-8.

432 — Louis le Grand, d'après Rigaud, in-8. Très-belle épr.

433 — De La Mothe Fénelon, d'après Vivien, in-8. Très-belle épr. avec *Barrière de Fontarabie.*.

434 — Colbert, d'après Ph. de Champaigne, in-8. Superbe épr. avec *Barrière de Fontarabie.*

435 — François Rabelais, in-8. Superbe épr. du 1er état, avant le nom du personnage, les noms des artistes et l'adresse.

436 **Savart** (Mlle). Louis XVI, roi de France et de Navarre, in-8. Très-belle épr. toute marge.

437 **Sayer** (*Publié par*). La Chambrière instruite. — L'Instant de la gaîté. 2 pièces.

438 **Schall** (Fréd.). Le Panier renversé, par Et. Beisson. Très-belle épr. d'une jolie pièce.

439 **Schmidt** (G. F.). Loth et ses filles. Cl. 9. Très-belle épr.

440 — Madame Schmidt cousant. Cl. 34. Très-belle épreuve.

441 — Tête de vieillard, de profil. Cl. 55. Très-belle épreuve.

442 — M. de Beauveau, in-8 oblong, d'après Ch. N. Cochin. Epr. superbe.

443 — Maurice Quentin de La Tour, d'après lui-même, in-fol. Superbe épr.

444 **Schmuzer**. Edmond Weirotter, peintre. Très-belle épr.

445 **Schuppen** (Van). Mme Deshoulières, d'après Sophie Chéron. Très-belle épr. in-8.

446 — La Mère Angélique Arnauld, d'après Ph. de Champaigne, in-fol. Très-belle épr.

447 — Marie-Félicie des Ursins, duchesse de Montmorency, in-8. Très-belle épr.

448 — Philippe de Gueldres, duchesse de Lorraine, in-8. Très-belle épr.

449 **Silvestre** (Israël). Vues de Paris. 23 pièces.

450 — Les Lieux les plus remarquables de Paris et des environs. 11 pièces. Très-belles épr.

451 — Vues du Louvre, des Tuileries, du Pont St-Michel, etc. 6 pièces. Très-belles épr.

452 **Smith**. Une Veuve. — Ce qui vous plaira. 2 pièces.

453 **Smith** (D'après). Louisa. — Thoughts on Matrimony, par Ward. Deux jolis portraits de femmes. En couleur.

454 **Staren** (Van). Jésus tenté par le démon. B. 5. Belle épr. d'une pièce très-rare.

455 **Suyderhoef** (Jonas). Johannes Hoornbeeck, docteur et professeur à Leyde. *Épr. de toute beauté.*

456 — Adrien Heereboord, d'après P. Dubordieu. *Même qualité que le précédent.*

457 **Swanevelt** (Herman). Les Chèvres. B. 30. Très-belle épr. du 1er état.

458 — Diverses vues, dedans et dehors de Rome, suite de 13 pièces, titre compris. Très-belles épr. avec l'*excudit,* à l'exception du n° 57.

459 — L'Hôpital. B. 87. Très-belle épr. avec l'*excudit.*

460 — La Porte de ville. B. 92. Très-belle épr. avec l'*excudit.*

461 — Différentes fuites en Egypte. B. 97-100, suite de 4 pièces. Très-belles épr. avec l'*excudit.*

462 — Histoire d'Adonis. B. 101-106, suite de 6 pièces. Très-belles épr. avec l'*excudit.*

463 **Téniers** (David). La Fête flamande. Très-rare épr. du 1er état.

464 — Un Fumeur assis. Paysan accordant un luth. Rigal 4 et 5, 2 pièces. Très-belles épr.

465 — Le Paysan galant. R. 13. Très-belle épr.

466 — Paysans qui tirent au blanc. R. 37. Superbe épr. du 1er état, avant l'adresse de *F. van Wyngaerde.*

467 — Vieille femme assise tenant un chapelet. Très-belle épr.

468 **Trente** (Antoine de). Les Honneurs rendus à Psyché, d'après Salviati. 1re épr. avant le monogramme d'Andreani.

469 **Uden** (Lucas Van). Paysage traversé par un canal on y voit quelques troncs d'arbres, dont plusieurs se penchent sur l'eau. B. 26. Très-belle épr.

470 **Uden**. Les Femmes trayant des vaches, d'après Rubens. B. 59. Superbe épr. du 1er état, à l'eau-forte pure, et avant toute lettre. Très-rare de cet etat (*Collection Alférof*).

471 **Vangélisty**. P. A. Wille fils, in-8, d'après lui-même. Très-belle épr. tirée à la sanguine.

472 **Vermeulen** (C.). Pierre-Vincent Bertin, d'après N. de Largillière. Très-belle épr.

473 **Vico** (Enée). La Vierge assise sur des nues. B. 4. Très-belle épr. du 1er état, avant l'adresse de: *Ant. Salamanque.*

474 — Une des saintes Femmes et saint Jean soutenant la Vierge qui s'évanouit à la vue du corps mort de J.-C. B. 8. Très-belle épr. du 1er état, avant l'adresse de: *Ant. Salamanque.*

475 — Saint Georges combattant contre un dragon qu'il perce de sa lance. B. 12. Très-belle épr. d'une pièce rare.

476 — Les Lapithes combattant contre les Centaures. B. 30. Très-belle épr.

477 **Villaména** (François). L'Offrande dans le Temple, d'après Paul Véronèse. Très-belle épr.

478 **Vliet** (Van). Les Débauchés. Cl. 16. Très-belle épreuve.

479 — Mercier portant une cassette attachée à une bandoulière. Cl. 60. — Gueux, vu par derrière. Cl. 62. 2 pièces. Très-belles épr.

480 **Want** (Osmant). Charles de Bourbon, cardinal archevêque de Rouen, in-8. Belle épr.

481 **Ward** (James). Georges III, d'Anglelerre, d'après William Becchy. Très-belle épr.

482 **Waterlo** (Antoine). Le Départ d'Agar. B. 131. Très-belle épr. *sur papier à la folie.*

483 — Le Prophète de Jude. B. 132. Superbe épr., *papier à la folie.*

484 **Watteau** (Ant.). Figures de modes. R. D. 1-7. Suite de 7 pièces et le titre. Très-belles épr. du 3e état. Rare.

485 — La Troupe italienne. R. D. 8. Très-belle épr. du 2e état, *avec l'adresse de Sirois.*

486 — Comédiens français, par Micaël Liotard. Très-belle épr.

487 — L'Amour au théâtre italien, par C. N. Cochin. Très-belle épr.

488 — *Voulez-vous triompher des belles ?....*, par Thomassin. Superbe épr. grande marge.

489 — La Villageoise, par Aveline. Très-belle épr.

490 — Le Bosquet de Bacchus, par C. N. Cochin. Très-belle épr. sans marge.

491 — La Colation, par J. Moyreau. Très-belle épr. gr. marge.

492 — Les Plaisirs de l'été, par Picot. Belle épr.

493 **Wick** (Thomas). Les Cuisinières près du puits. B. 13. Très-belle épr. marge.

494 — Une Malle ouverte, près de laquelle se trouvent différents objets. Très-belle épr. d'une pièce non décrite.

495 **Wiérix** (Jean). Philippe Guillaume, prince d'Orange, in-8 ovale. Superbe épr. du 1er état.

496 **Wiérix** (Jérôme). Jacob Laynez, in-8. Superbe épreuve.

497 — Claude Aquaviva, in-8, même qualité.

498 — Charlemagne, empereur, in-8, même qualité.

499 — Henri III, roi de France, in-12 ovale. Épr. superbe.

500 **Wiérix** (Antoine). Albert, cardinal, archiduc d'Autriche. Belle épr.

501 — Philippe-Emmanuel, duc de Mercœur, in-12. Belle épr.

502 — Jean-Baptiste Houwaert, poëte bruxellois, in-4. Superbe épr. marge.

503 **Wille** *del. et sculp. 1750*. La Jeune mère, eau-forte. Sainte Geneviève, par Baquoy, d'après Vanloo. 2 pièces.

504 **Witdoeck** (Jean). L'Apparition de saint Nicolas à Constantin-Auguste, d'après Corn. Schut. Très-belle épr. (*Collection Van den Zande.*)

505 **Woolett**. Portrait de Rubens, in-4, d'après Van Dyck. Très-belle et 1re épr. avec le titre tracé à la pointe.

506 **Worlidge** (Thomas). Son portrait, in-4. Très-belle épr.

507 **Zagel** (Martin). Sainte Ursule. B. 10. Très-belle épreuve.

508 **Zéeman**. Marines. 4 pièces. Très-belles épr., grandes marges.

ADDITION AUX ESTAMPES

509 **Durer** (Albert). Saint Hubert. Epreuve moderne.

510 **Goya**. Les Caprices. Suite de 80 pièces réunies en 1 vol. in-4, cartonné. Très-belles épr.

511 — Les Désastres de la guerre. Suite de 80 pièces réunies en 1 vol. in-4, oblong, d.-rel.

512 **Goya** (D'après Vélasquez). Felipe III, rey de Espana.

513 — D. Margarita de Austria, reyna de Espana, femme de Philippe III.

514 — Felipe IV, rey de Espana.

515 — D. Isabel de Borbon, reyna de Espana, femme de Philippe IV.

516 — D. Baltasar Carlos, principe de Espana.

517 — Un Infante de Espana.

518 — D. Gaspar de Guzman, conde de Olivares, duque de San-Lucar.

519 — Un Nain du roi Philippe IV.

520 — Autre Nain feuilletant un livre.

521 — Esope.

522 — Ménippe.

523 — Barbarroxa.

524 — **Leyde** (Lucas de). Jésus-Christ présenté au peuple. B. 71. Très-belle copie, non décrite par Bartsch.

525 **Rembrandt** (Par et d'après). Le Lit à la Française. — Le Moine dans le blé. — La Femme qui pisse. — Joseph et la femme de Putiphar. 4 pièces, tirage moderne.

DESSINS

526 **Baudouin** (Attribué à). L'heureux tête-à-tête, joli dessin à la pierre noire, très-légèrement lavé d'encre de Chine.

527 **Boissieu** (J.-J.). Vue d'une prairie. Joli petit paysage, lavé à l'encre de Chine.

528 **Boucher** (François). Jupiter et Danaé. Très-beau dessin aux trois crayons.

529 — Jeune bergère endormie. Aux trois crayons.

530 — Le Réveil de Vénus. Aux deux crayons.

531 — La Vierge et l'enfant Jésus. Beau dessin à la sanguine.

532 — Groupe de trois amours sur des dauphins, composition pour une fontaine. Très-beau dessin à la plume, lavé de bistre.

533 **Carême**. La Statue du dieu Pan portée en triomphe par des Satyres. Superbe dessin à la plume, lavé à la sépia.

534 **Cochin** (Ch. N.). Le Bal champêtre travesti. Petit dessin à la plume, lavé d'encre de Chine. Signé.

535 **Desrais**. Costumes de femmes (1789). A la plume, lavés d'encre de Chine. Trois dessins.

536 **Divers**. Dessins à la plume, au bistre, au lavis d'encre de chine. 4 dessins.

537 **Eisen** (Ch.). Intérieur d'un salon où sont réunis sept personnages assis formant cercle ; au milieu est une femme debout tenant un mouchoir. Charmante composition à la mine de plomb.

538 Les Dessinateurs d'après le modèle. Croquis à la plume.

539 **Enfantin.** Vue de Suisse. Beau dessin à la sépia. Signé.

540 **Everdingen** (A. Van). Paysage traversé par une rivière; à droite s'élève un rocher surmonté de quelques arbres. Beau dessin à l'encre de Chine, signé des initiales A. V. E.

541 **Gellée** (Claude). Vue du château Saint-Ange. Lavé au bistre et rehaussé de blanc. Beau dessin.

542 **Gosse** (N.). Orphée. Beau dessin à la sépia. Signé.

543 **Gravelot** (H.). VIe journée, Nouvelle 1 (Décaméron de J. Boccace). A la plume, lavé de bistre.

544 **Huysum** (J. Van). Vase de fleurs à la sanguine lavé d'encre de Chine. Beau dessin, largement traité.

545 **Lebarbier**. Vues de Suisse, paysages à la plume, lavés de bistre. 2 dessins.

546 **Le Mire** (Nicolas). La Femme du Forgeron. Joli petit dessin à la plume, lavé d'encre de Chine. Signé et daté.

547 **Netscher** (Constantin). Diane chasseresse couronnée par ses Nymphes. A la pierre noire, rehaussé de blanc.

548 **Nicolle** (V. J.). Vue de la porte de Sens. Aquarelle. Beau dessin.

549 — Vue du pont et du château Saint-Ange à Rome. Aquarelle.

550 — Vue de la place Saint-Marc, à Venise. A la plume, lavé de sépia.

551 — Partie du palais ducal, vu du canal. A la plume, lavé de bistre.

552 **Papety** (Dom.). Dessous d'un péristyle, morceau d'architecture légèrement indiqué. Lavé d'indigo.

553 **Pellegrino**. Académies d'hommes couchés. Beau dessin à la plume.

554 **Pérignon**. Vue d'un ancien temple de Bacchus, avec un cirque. — Vue de la ville de Soleure, prise sur la rivière d'Aar, au-dessus de la ville. 2 dessins à l'aquarelle.

555 **Perroneau**. Le Concert. Croquis pour des portraits de famille. A la pierre noire, sur papier bleu, légèrement rehaussé de blanc.

556 **Rosso** (Le). Groupe de trois génies soutenant un écusson. Dessin au trait. A été gravé.

557 **Rouargue**. Intérieur d'un parc. Joli dessin à l'aquarelle.

558 **Waterloo** (Ant.). Paysage avec rochers. A la pierre noire, lavé d'encre de Chine.

Renou et Maulde, imprimeurs de la Compagnie des Commissaires-Priseurs, rue de Rivoli, 144. 26444

www.ingramcontent.com/pod-product-compliance
Ingram Content Group UK Ltd.
Pitfield, Milton Keynes, MK11 3LW, UK
UKHW021948260726
13994UKWH00004B/1609